AF300247

PROJET

D'UN

ÉTABLISSEMENT THERMAL

A

CHAUDESAIGUES,

DÉPARTEMENT DU CANTAL..

> Chaudesaigues est destiné à devenir le Carlsbad de la France.
>
> (M. le docteur BERTRAND, *inspecteur des eaux thermales du Mont-d'Or.*)

A PARIS,

IMPRIMERIE DE PAUL DUPONT,

RUE DE GRENELLE-SAINT-HONORÉ, Nº 55.

1834.

TABLE DES MATIÈRES.

PLANCHES.

NOTA. Les plans et devis sont déposés en l'étude de Me Agasse ; notaire, place Dauphine à Paris, où les personnes qui désireraient prendre des actions dans l'établissement projeté peuvent en prendre communication.

NOTICE

SUR

LES EAUX THERMALES

DE CHAUDESAIGUES.

Il est en France une vaste contrée que les étrangers ignorent et que les habitans ne connaissent qu'imparfaitement eux-mêmes; elle occupe une région élevée, presque triangulaire, entre les bassins du Lot, de l'Allier et de la Dordogne. Elle comprend le département du Cantal tout entier, partie de la Lozère et de la Haute-Loire et l'extrémité septentrionale de l'Aveyron. Son point culminant est au sommet du Cantal; hérissée de monts sourcilleux, sillonnée par d'épouvantables ravins, couverte généralement de bruyères et de landes, elle renferme aussi dans son enceinte des plaines fécondes, de riches prairies, de gras pâturages, de riantes et fertiles vallées, des sites délicieux enfin, points de tation pleins de charmes pour le voyageur harassé qui n'avait parcouru long-temps que des plateaux arides, des crêtes nues ou des précipices affreux.

A chaque pas qu'il a fait au travers de ce pays étonnant, il a dû rencontrer une nouvelle cause d'émotions : les gigantesques débris d'un embrasement immense remontant à une époque tellement ancienne que les traditions populaires n'en ont transmis aucun souvenir, et, sous ces énormes coulées de lave, des indices nombreux attestant que lorsque cette terre brûlait, elle n'était pas inhabitée.

Des caractères runiques tracés sur le granit des montagnes, usés par les siècles et cependant encore parfaitement reconnaissables sur quelques points ;

De vastes ruines indiquant que là furent jadis d'opulentes cités, dont les noms même sont aujourd'hui perdus, ou dont l'histoire parle à peine ;

Des monumens nombreux du culte des druides, à chacun desquels se rattache encore quelque superstitieuse croyance, cause principale, à coup sûr, de leur étrange conservation ;

Les traces vivantes partout du passage de ce peuple-roi, dont les légions, victorieuses des trois quarts du monde connu, trouvèrent une si vigoureuse résistance chez les valeureux montagnards contre lesquels faillirent se briser les efforts d'un des plus grands capitaines des anciens temps ;

Les châteaux de la féodalité, les églises du moyen âge, les merveilles récentes d'une civilisation commencée, d'une industrie qui vient de naître, des routes suspendues sur des abîmes, des ponts jetés sur des cascades ;

Les mœurs surtout, les mœurs d'un peuple neuf, répandu jusques aux portes des villes, dont les habitans ne diffèrent point de ceux des départemens les plus avancés du royaume ; tout en ces lieux appelle les recherches d'une avide curiosité et les investigations de la science.

Au milieu de tant de sujets d'études historiques et de philosophiques méditations, sont jetés avec profusion des objets attrayans pour le géologue et le minéralogiste. Ici l'un et l'autre peuvent venir explorer les entrailles de la terre ; elles y sont entr'ouvertes partout et partout elles présentent à l'œil de l'observateur exercé des richesses et des phénomènes.

Nous n'écrivons point en ce moment la statistique de ce merveilleux pays ; un seul de ses phénomènes nous occupe, mais c'est le plus intéressant.

Les eaux minérales froides ou chaudes abondent sur divers points du territoire français. Plusieurs sources thermales notamment ont acquis dès long-temps une juste célébrité. Presque partout où elles coulent, s'élèvent des établissemens pompeux, construits à grands frais, dans

lesquels les infirmités humaines puisent souvent d'inespérés secours·
Une seule de ces sources merveilleuses est demeurée négligée, depuis bien des siècles du moins. A peine connue hors des limites du département qui la possède, elle n'est citée que dans quelques écrits spéciaux que le public ne lit guère, et les savans qui l'ont visitée, tout en la proclamant une des plus étonnantes du globe, n'ont pu y attirer la foule, parce qu'aux lieux où ses ondes jaillissent l'art n'a rien fait encore pour les commodités de la vie.

Cependant tout annonce qu'elle fut fréquentée jadis ; et la gorge au fond de laquelle elle s'échappe des flancs de la terre n'eût probablement jamais sans elle servi d'assiette à la petite ville de Chaudesaigues, qui d'elle aussi a emprunté son nom.

Chef-lieu d'un des cantons de l'arrondissement de Saint-Flour (Cantal,) cette ville est au 44ᵉ degré 48ˡ de latitude septentrionale et à o, 5 degrés de longitude orientale calculée sur le méridien de Paris.

On la découvre à cinq lieues sud de Saint-Flour, au bas d'une étroite vallée creusée par un torrent dit le *Remontalon*, dont les eaux se précipitent du sommet des roches schisteuses qui bordent l'horizon au midi et servent de base, dans leur prolongement, aux montagnes volcaniques d'Aubrac.

A l'ouest et au nord-ouest, les hauteurs qui la dominent s'étendent en amphithéâtre jusqu'au sommet du Cantal, sur lequel on reconnaît encore les vastes entonnoirs de plusieurs cratères éteints.

Au nord-est et à l'est, enfin, l'enceinte qui la resserre, âpre, raide, stérile, s'adosse aux plateaux cultivés qui couronnent au loin les longues crêtes de la Margeride, énorme masse de granit.

Il est impossible de déterminer l'époque à laquelle remonte l'origine de Chaudesaigues. On croit assez généralement que cette petite ville est ancienne, que ses thermes eurent autrefois de la célébrité; que les Romains les visitèrent. Nous avons lu plusieurs dissertations scientifiques sur ce sujet : elles ne nous ont rien appris de positif.

Leurs auteurs ont vu Chaudesaigues dans l'*Aquis calidis* de l'itinéraire de Peutinger, entre *Augustonemetum et Rhodomno* ; mais il est évident qu'ils ont été beaucoup trop accessibles à la première idée que fait naître une identité de dénomination, dont on reconnaît aisément toute l'insignifiance pour peu qu'on veuille réfléchir.

Ces expressions *aquæ calidæ* s'appliquent également à tous les lieux où naissent des eaux chaudes, et puis n'est-ce point s'égarer étrangement que de chercher Chaudesaigues sur une ligne, quelque tortueuse qu'on la suppose, qui conduirait de Clermont à Rodez?

Sans doute un champ vaste est ouvert à toutes les hypothèses à cause de l'irrégularité même de cette carte de Peutinger, devenue si fameuse malgré la bizarre distribution des rivages et l'étrange configuration des terres qui n'en font qu'un document informe, et soulèvent la pensée qu'elle ne fut point l'œuvre d'un géographe instruit, mais seulement celle des loisirs d'un soldat observateur, moins jaloux de déterminer la situation respective des lieux que d'enregistrer sur un plan fantastique ceux qui servaient d'étape aux légions romaines, et de noter la distance à peu près exacte de l'une à l'autre dans une direction continue. Toutefois si l'on veut attribuer quelque autorité à un semblable monument, on sera bien forcé de reconnaître que c'est plutôt Vichy que Chaudesaigues ou le Mont-d'Or qui s'y trouve indiqué sous la générique désignation d'*aquis calidis*.

L'illustre d'Anville au reste, dans la nomenclature destinée à servir de complément à son abrégé de géographie ancienne, semble trancher la question en appliquant en effet à Vichy la dénomination latine d'*aquæ calidæ*. Tenons donc pour certain que de la table de Peutinger ne ressort en aucune façon la preuve de la vogue dont auraient joui les eaux thermales de Chaudesaigues avant et sous le règne de Théodose-le-Grand.

Est-il mieux démontré qu'un siècle plus tard elles furent connues et fréquentées?

Pour l'établir, on rappelle ce passage d'une lettre de Sidoine Appollinaire à son ami Aprus : *Calcutes nunc te Baïæ, et scabris cavernatim ructata pumicibus aqua sulfuris, atque jecorosis ac phthisiscentibus languidis medicabilis piscina delectat.*

Traduisant fidèlement : « Te voilà donc à *Calcutes Baïa*, où tu te « baignes délicieusement dans les eaux soufrées qui jaillissent à travers

» les ponces raboteuses, et alimentent la piscine salutaire au phthisi-
» que languissant et à ceux dont le foie est malade. »

Il faut en convenir, vainement le docte Savarron et le père Sirmond,
non moins savant que lui, auront écrit l'un et l'autre que cette phrase
désigne Chaudesaigues ; vainement Chabrol, Legrand A'tussy et Alibert
l'auront répété après, on ne pourra, malgré d'aussi importantes auto-
rités, demeurer convaincu.

Les effets que Sidoine attribue à l'usage des bains qui faisaient les
délices d'Aprus sont communs à un grand nombre de sources thermales. Elles contiennent toutes du soufre en plus ou moins grande
quantité. Toutes ou presque toutes sourdent en des endroits plus ou
moins scabreux ; et voilà des raisons de douter. Or, ce doute augmente
encore lorsque l'on se rappelle ces expressions de Sidoine : *Scabris cavernatim ructata pumicibus aqua sulfuris.* Certes, si l'on veut argu-
menter de la technique signification des mots, il faut bien que l'on
confesse que ceux-là ne peuvent pas désigner les sources de Chaudesaigues, où l'on ne trouve ni pierre ponce, ni même aucun vestige de
roche pumicée; avouons donc franchement que les vieux documens sur
lesquels on s'était fondé pour soutenir une thèse, qui cependant peut
être vraie, sont insuffisans dans cette circonstance.

Mais si l'on interroge les lieux eux-mêmes, si l'on fouille ce sol brû-
lant sans avancer à une grande profondeur, on trouve presque partout
des ruines qui démontrent que là fut jadis un établissement thermal
considérable, détruit on ne sait plus à quelle époque.

Les tranchées qui ont mis ce résultat à nu n'ont été faites qu'acci-
dentellement et sans suite : néanmoins il a été constaté que des piscines
sont enfouies dans la place publique de Chaudesaigues ; qu'il y existe
des voûtes souterraines, des baignoires et des cabinets d'étuves.

Plus tard quand M. Chevallier vint, sur l'invitation du ministre de
l'intérieur, analyser les eaux qui coulent dans ce bassin, il fit découvrir le canal contenant la principale source jusques à une certaine distance de sa chute, et dans cette fouille il reconnut aussi des débris
considérables d'anciennes habitations.

Une tradition généralement répandue, mais qui, sans doute, ne nous

est point parvenue sans quelque altération , donnerait à croire que, peu
de temps après la conquête des Gaules, une colonie romaine se serait
établie dans ces lieux , et c'est probablement à cette tradition qu'on
doit attribuer l'erreur grossière de quelques habitans du pays qui ont
cru reconnaître une voie romaine dans un chemin ferré fort ancien ,
dont on retrouve quelques vestiges à une demi-lieue de la ville, près du
château de Montvallat, et qui, venant de vers le Forez, se jette dans
le Rouergue , après avoir traversé du nord-est au sud-ouest l'arrondissement de Saint-Flour dans les limites duquel il est , sur quelques points ,
parfaitement conservé.

D'anciennes fortifications dont, il y a quarante ans, les fondations
étaient reconnaissables , indiquent qu'autrefois on essaya de mettre
Chaudesaigues à l'abri d'un coup de main. Ses habitans eurent à soutenir
plusieurs luttes sanglantes contre les partisans anglais qui infestaient
les environs sous le commandement du chef de pillards nommé Aymé-
rigol-Marcel , et ils ne furent pas toujours vainqueurs, selon toutes les
probabilités. Une tour faisant partie de leurs remparts portait encore
avant sa complète destruction le nom de Tour des Anglais. C'était au
14e siècle que ces événemens avaient lieu. Tant que durèrent les guerres
civiles de la ligue, Chaudesaigues embrassa le parti des Guises et ne fit sa
soumission à Henri IV qu'après son avénement au trône. Peu de temps après
elle fut prise et incendiée par les restes d'un parti de rebelles , ainsi
qu'en dépose une requête présentée à ce monarque en 1594 ou 1595.

Mais à quoi bon nous arrêter à des détails de cette nature ? Qu'importe aux thermes de Chaudesaigues que la ville qui les possède ait
obtenu jadis le titre de bonne ville ? qu'elle ait été en 1283 un fief appartenant au marquis de Canilhac , que cette terre soit passée succes-
sivement par confiscation ou de toute autre manière à la maison de
Ceverac , aux ducs d'Auvergne et de Bourbon, à Charles de Bourbon-
Malause ? qu'en 1778 elle ait fait retour au roi qui y établit une pré-
vôté ? que le bailliage d'Andelat y ait été transféré quelque temps au
14e siècle ? Tous ces détails et une foule d'autres sont étrangers au sujet
que nous traitons et ne nous apprennent rien sur l'antique renommée
de ses thermes.

Au reste, cette antique renommée, elle-même, quand elle serait parfaitement prouvée, ne servirait qu'à nous démontrer de plus en plus cette affligeante vérité que nos aïeux, moins insoucians que nous, savaient bien mieux utiliser des trésors que la nature, sous certains rapports, nous a si largement impartis.

Pour exciter l'intérêt général des philantropes et des savans, il doit nous suffire sans doute de décrire ce qui est aujourd'hui et de dire ce que l'on peut en faire.

Ce n'est point une source unique que l'on admire à Chaudesaigues. Le phénomène s'y reproduit, pour ainsi dire, à chaque pas. On le signale en cent endroits divers sur les deux rives du *Remontalon*, aux pieds de la double montagne dans laquelle il est encaissé, et jusque dans son lit où l'eau minérale bouillonne au milieu du gravier que roule le torrent.

Chacun de ces filets a une température différente, quoiqu'ils partent, selon toutes les apparences, d'un réservoir commun ; mais la route que chacun a parcourue, la quantité d'eau dont il se compose, les mélanges qu'il a subis, que sais-je? mille causes qu'il est facile de soupçonner, ont dû modifier leur état primitif et déterminer ces variétés sensibles de calorique, variétés qui sont frappantes surtout dans la maison *Felgères*, où à côté d'une fontaine d'eau froide coule un filet d'eau tiède, et à quelques centimètres de là un autre dont la chaleur s'élève à 70° du thermomètre centigrade.

Vingt-trois de ces sources ont été observées et sous le rapport de leur volume et sous celui de leur température. Elles fournissent ensemble 439 litres d'eau par minute, sans diminution sensible dans quelque temps que ce soit. Le calorique de chacune d'elles varie entre 8o et 5o° centigrades.

La principale est celle du *Par*. Quelques étymologistes ont vainement cherché dans des analogues la racine de ce mot : nous ne les imiterons pas, parce que nous ne pourrions, comme eux, que hasarder de vaines hypothèses. Nous croyons que c'est dans l'ancien langage des Celtes qu'il conviendrait de fouiller à cet égard, et ce langage, nous ne le connaissons pas.

Elle traverse un massif de sulfure de fer qui paraît n'être qu'un dépôt qu'elle a laissé dans son cours, quoique ce principe n'ait pu être retrouvé dans la substance de ses eaux ni en suspension ni en solution, et que son existence bien constante ne puisse être expliquée. Après cela, elle sort avec rapidité des canaux souterrains qui l'amènent à la surface du sol aux pieds de la montagne de la *Jarrige*, formant la berge occidentale du *Remontalon*.

Elle est recueillie dans un réservoir disposé exprès au haut de la place de Chaudesaigues, presqu'au centre de la ville, et de là distribuée, à l'aide de corps en bois, dans les divers quartiers dont elle réchauffe les habitations. Son trop plein s'écoule dans le *Remontalon*, et son échappement est facile à reconnaître à cause de la vapeur épaisse qui s'en élève constamment. Elle a recouvert les pierres qu'elle mouille d'une couche ocracée peu épaisse et de couleur jaune. La roche au travers de laquelle elle s'est ouvert un passage est un schiste quartzeux qui ne présente aucune circonstance extraordinaire; seulement on peut remarquer que dans les fissures croissent quelques unes de ces plantes que l'on ne retrouve que sur les bords des fontaines thermales, telle que la *Trumella Reticulata*.

Ses eaux n'ont aucune odeur bien sensible; leur saveur légèrement onctueuse diffère peu de celle de l'eau chaude ordinaire. Elle sont savonneuses et douces au toucher, constamment claires et limpides, même après leur refroidissement, et d'une pesanteur spécifique égale à celle de l'eau distillée.

Diverses expériences ont été faites pour constater leur température. Les résultats signalés n'ont pas été parfaitement identiques.

En voici le tableau :

1re expérience, par M. Bosc-Dautie, 6° Réaumur, 75° centigrade;

2e, par M. de la Brageresse, 62° Réaumur, 77° centigrade à peu près;

3e, par M. Berthier, 70° Réaumur, 88° centigrade;

4e, par MM. Bertrand et de Montlosier, 63° Réaumur, 78° centigrade;

5e, par M. Grassal, inspecteur des eaux minérales de l'arrondissement de Saint-Flour, 80° Réaumur, 88 centigrade;

6ᵉ Par M. Chevallier, 64° Réaumur, 80° centigrades.

Faut-il conclure du rapprochement de ces observations que les eaux du *Par* ne se maintiennent pas toujours au même degré de température? Cela serait possible; comme il se pourrait aussi que les instrumens employés pour en reconnaître l'élévation ne fussent pas tous également bien gradués. Nous pouvons affirmer que souvent nous avons renouvelé nous-même les expériences tentées par d'autres; que nous les avons faites toujours avec le même thermomètre; que nous y avons mis toute la constance désirable; que chaque fois nous avons obtenu les mêmes données que celles consignées dans le mémoire de M. Chevallier et que nous n'hésitons pas à reconnaître comme étant les plus positives.

La source du Par seule fournit aujourd'hui par minute 252 litres d'eau; dans 24 heures par conséquent elle en donne au moins 230 mètres cubes. Elle est donc tout à la fois une des plus abondantes connues et une des plus thermalisées.

Lorsqu'ensuite on se souvient qu'elle ne forme guère que la moitié du volume de l'eau minérale vomie dans le même lieu par les entrailles de la terre, que les autres filets divers, quoique d'une température moins élevée, ne s'abaissent pas néanmoins au dessous de 50° centigrades; lorsqu'on jette les yeux sur l'analyse faite par M. Chevallier, réimprimée à la suite de cette notice, et que l'on reconnaît que les eaux de Chaudesaigues, soit celles du Par, soit celles de toutes les autres sources qui ne sont du reste que des dépendances ou des dérivations de la principale, contiennent tous les principes constitutifs des thermes les plus célèbres, et quelques autres encore qui leur sont propres, tous de nature à augmenter leur salutaire influence dans une foule de maladies, peut-on résister au désir de repéter cette assertion d'un grand médecin que la France aura là son Carlsbad quand elle le voudra?

Comment se fait-il donc que l'on n'y trouve encore que deux ou trois établissemens particuliers nécessairement circonscrits dans des proportions trop exiguës? Comment se fait-il surtout que les efforts tentés récemment sous la direction de l'autorité départementale, qui a visité ces eaux et reconnu tout ce qu'elles valent, pour créer dans cette localité singulière, peut-être unique dans son genre, les thermes les plus parfaits qui soient au monde, rencontrent des obstacles réels dans de mesquines considérations ou d'inexplicables résistances ?

Ah ! demeurons bien convaincus que le patriotisme des habitans, attesté déjà par la concession qu'ils ont faite des sources appartenant à la commune, que le concours de tous les citoyens dévoués à la chose publique, que la coopération de tous les amis de l'humanité, que l'intervention du gouvernement enfin les auront bientôt aplanis et que la France pourra, sous peu de temps, s'enorgueillir de posséder le plus beau, le plus important, le plus utile monument de ce genre.

Tout, au reste, semble concourir à assurer le succès de cette noble entreprise, pourvu que des moyens proportionnés à la grandeur de son objet soient mis à la disposition du premier magistrat du département, qui en active l'exécution avec tant de zèle et de constance.

La beauté du ciel, la salubrité du climat, l'aménité des habitans, la variété des sites, les accidens du sol, les richesses minérales et botaniques des environs; les cristaux de la plaine, l'antimoine et l'alumine de la vallée; les gothiques châteaux couronnant la cime des monts, les belles peintures à la fresque qui en décorent quelques-uns; la petite ville de Chaudesaigues elle-même, la grande église à ogives et à vitraux peints, avec une superbe voûte dont la hardiesse étonne; sa petite chapelle avec de riches dorures et d'anciens miracles, ses belles maisons et ses misérables cabanes, ses eaux glacées et ses sources bouillantes, ses fraîches prairies et ses arides coteaux, mille contrastes qui n'existent que là ; tout est fait pour attirer en ces lieux la foule des étrangers.

L'incubation artificielle, autre objet de curiosité, y augmente les approvisionnemens en volaille; la campagne est extrêmement giboyeuse; les diligences qui y arrivent tous les jours fournissent les habitans des denrées les plus rares, des mets les plus exquis ; le roulage y importe les meilleurs vins du Vivarais et du Languedoc, des rives du Rhône et du Bordelais, du Roussillon et de la Bourgogne.

Les abords, en effet, n'en sont pas moins faciles que pittoresques. Une route royale parfaitement entretenue, celle de Paris à Montauban, traverse la ville dans toute sa longueur et y amène les voyageurs du nord

et du midi de la France. Elle venait d'être tracée lorsque Legrand d'Aussy
la vit, il y a 44 ans ; elle était encore dangereuse alors. Il est curieux
de l'entendre rendre compte des impressions qu'il éprouva en la par-
courant.

« Le chemin qui conduit de Saint-Flour à Chaudesaigues, dit-il, était,
« en quelques endroits, si serré qu'il n'était point praticable aux voitures.
« On l'a élargi, adouci, mieux dirigé. C'est maintenant une grande route,
« douce, facile et vraiment étonnante par les difficultés qu'on a eu à
« vaincre dans certains passages. Telle est spécialement la partie qu'on
« a nommée le Saut-du-Loup et qui, commençant au dessous de Sienjac,
« cotoie le ruisseau de ce nom jusques à son embouchure dans la Trueyre
« près de l'endroit où on la traverse.

« Ce nom de Saut du Loup lui a été donné parce qu'elle règne sur la
« croupe d'une montagne très escarpée du haut de laquelle se précipita
« il y a quelques années un loup poursuivi par des chiens de bergers.
« La mort de l'animal qui, dans sa chute, périt brisé, annonce quelle
« pente rapide a la montagne. En effet, lorsqu'il fallut y tracer le che-
« min, on fut obligé, m'a dit l'ingénieur lui-même, de suspendre avec
« une corde les ouvriers qui plantèrent les jalons. La roche est un granit
« à élémens très fins, mais dont la dureté est telle qu'on n'a pu l'enta-
« mer qu'avec la poudre à canon. Par la seule opération de la mine, il
« en a coûté autant en instrumens de fer qu'en poudre, et néanmoins
« cette roche si dure, cette montagne si raide, on les a ouvertes et
« creusées dans une longueur de plus de mille toises !

« Des travaux si hardis te rappelleront ici probablement, mon ami,
« la description que nous a laissée l'histoire grecque de ce fameux che-
« min de Corinthe qui, tracé pareillement dans le roc, s'avançait comme
« une corniche au dessus de la mer et d'où le brigand Sciron précipi-
« tait, dit-on, ceux des voyageurs qu'il avait dépouillés.

« Si j'écrivais à certains savans, je me garderais bien de faire croire
« qu'en France on peut faire une route aussi belle que dans la Grèce ;
« mais toi, mon ami, qui avec de l'instruction es sans préjugés, je te
« dirai que si le Saut du Loup ne domine pas sur la mer, comme le
« chemin de Corinthe, il a au dessus de la Trueyre et du ruisseau de-

« puis 360 jusqu'à 400 pieds d'élévation, et que, dans son étendue de
« 1000 toises, il ne présente qu'un long précipice qui fait frémir.

« A ta droite est la montagne avec sa hauteur rapide et ses roches me-
« naçantes; à gauche, cette gorge profonde dans laquelle les eaux roulent
« en grondant. On les voit presque perpendiculairement sous ses pieds;
« le moindre faux pas ferait rouler dans l'abîme qu'elles parcourent, et
« ce danger, dont on ne peut s'empêcher d'être effrayé, ne laisse pas
« admirer assez la hardiesse de l'ingénieur qui osa tracer là un chemin,
« le courage de ceux qui l'exécutèrent, et la beauté de cette route, qui,
« conduite avec un art infini, ne marche que par une pente presque
« insensible.

« Il y avait très peu de temps qu'elle était ouverte et percée en entier
« quand j'y ai passé, et quoique plusieurs parties eussent déjà une cer-
« taine largeur, presque partout cependant ce n'était encore qu'un
« sentier de chèvres..... »

Hé bien ! ce chef-d'œuvre du génie des ponts et chaussées est aujour-
d'hui presque achevé dans toute son étendue, aucun péril n'y menace plus
l'existence du voyageur. Des diligences commodes, élégantes, à large voie
courent maintenant sur cette route sans que les personnes qu'elles por-
tent s'aperçoivent le moins du monde qu'elles sont au bord d'un précipice, à moins que, prévenues par le conducteur, elles ne veuillent
faire cette partie du trajet à pied, pour admirer tout à leur aise les ma-
gnifiques horreurs qui se développent et au dessous et au dessus d'elles.
Elles n'approchent pas du bord sans frémir, et cependant il n'en est
pas qui ne veuille se pencher sur le gouffre, afin d'en mesurer de l'œil
la sauvage structure et l'imposante profondeur.

Une troisième communication aboutit aussi à Chaudesaigues, et celle-
ci vient de l'orient; elle sert de lien entre les deux routes royales N° 9,
de Paris à Perpignan, et N° 121, qui est celle dont nous venons de parler; elle traverse une partie de la Lozère.

Il faudra bien aussi qu'il s'en ouvre une quatrième parce que les
thermes de Chaudesaigues ne forment pas une source isolée, réduite à
n'offrir aux hommes que les secours de leurs bains, de leurs étuves, de
leurs douches, de leur vapeur; ils sont flanqués, pour ainsi dire, d'eaux

gazeuses et ferrugineuses froides, extrêmement salutaires aussi, que l'on trouve à deux lieues et deux lieues et demie en marchant à l'ouest-ouest-nord, et que nécessairement on doit rattacher à l'établissement de Chaudesaigues, l'usage de celles-ci se mariant parfaitement avec l'usage des eaux chaudes; et dès-lors il deviendra indispensable de tracer un chemin nouveau, large, commode, à pentes uniformes et douces qui mène dans ces divers lieux et qui fournisse une carrière agréable à parcourir.

L'une de ces sources sort en deux filets des fentes d'un rocher schisteux, et se répand dans un bassin de pierre tapissé d'ocre.

De temps en temps son jet est interrompu pour laisser le passage libre à un dégorgement considérable de gaz acide carbonique dont le bruissement est d'autant plus fort que le temps est plus sec ou l'orage plus menaçant.

La montagne excessivement raide à la base de laquelle on la voit sourdre peut être considérée comme le piédestal au sud de la haute chaîne du Cantal, entre les trois villages de Sainte-Marie, de Rouvilet et du pont de Tréboul sur la Trueyre, aux limites de l'Aveyron.

Sainte-Marie, chef-lieu de la commune, lui a donné son nom; ses eaux sont très froides, incolores, transparentes, piquantes et acidules. Elles contiennent une quantité prodigieuse de gaz dont la présence est manifestée par un nombre immense de petits globules s'élevant à la surface du verre en pétillant, et demeurant quelque temps attachés à ses parois après qu'on l'a vidé.

L'analyse chimique n'en a jamais été faite avec soin. Toutefois on sait déjà très positivement qu'elles contiennent du carbonate de fer, du muriate, du sulfate de soude et du sulfate de chaux. La présence de ces substances combinées dans toutes les sources minérales qui s'écoulent des flancs méridionaux du Cantal est d'autant plus étonnante, que l'on n'en voit aucune trace dans la roche qui forme le sol, et que dans aucune contrée peut-être la chaux carbonatée n'est aussi rare. L'eau de Sainte-Marie agit principalement sur l'appareil digestif; elle est essentiellement apéritive.

Elle fait disparaître, dit le docteur Grassal, dans un cahier d'observations inédites, les dispepsies, les vomissemens glaireux, les légers embarras bilieux avec céphalalgie, certains engorgemens chroniques du foie, quelques ictères, en ravivant les digestions. Elle tend à dissiper la mélancolie et l'hypocondrie ; utile dans les borborygmes , elle fait cesser quelquefois les diarrhées chroniques , etc.

Ce qui démontre de plus en plus les heureux effets qu'elle produit et qu'une très longue expérience a constatés, c'est l'affluence constante des étrangers autour de cette fontaine, quoique l'on n'ait jamais rien fait encore pour leur procurer les premières nécessités de la vie.

Sept à huit cents personnes appartenant à la Lozère, au Cantal ou à l'Aveyron s'entassent annuellement dans les hameaux qui l'environnent, où ils se voient contraints de transporter et leurs lits et leurs vivres. C'est un spectacle réjouissant de les voir tous les matins s'acheminant par troupes vers le ravin au fond duquel ils se résignent gaiement à aller chercher la santé par des sentiers affreux et malgré la chaleur du jour.

Les eaux de Sainte-Marie, du reste, ont une analogie frappante avec les eaux de·Seltz. Elles produisent les mêmes résultats , leur saveur est la même et leurs principes constitutifs sont probablement les mêmes aussi.

A côté de Sainte-Marie, à une demi-lieue plus loin vers l'ouest, naissent les eaux minérales froides de Fontanes. Cette source est la sœur de la précédente ; néanmoins elle ne fait pas sur le goût la même impression. Elle contient, à ce qu'on croit, une plus grande quantité de fer oxide et du vitriol aussi, dit-on ; les médecins assurent qu'elle pourrait remplacer utilement les eaux de Vichi.

Elle est abondante en tout temps ; elle jaillit comme l'autre au fond d'une gorge profonde, solitaire, et dont l'accès est difficile. Deux ou trois cents buveurs s'y réunissent tous les ans.

Fontanes et Sainte-Marie sont aujourd'hui des lieux sauvages, sans embellissement, sans débouchés , mais susceptibles de devenir des lieux charmans et d'une grande importance relative. Nous l'avons dit , on doit rattacher leurs eaux à l'établissement de Chaudesaigues en ouvrant une route de cette ville au pont de Tréboul, qui réunit les bords de la Trueyre sur le chemin nouvellement tracé de Pierrefort (Cantal), à Lacalm (Aveyron), et dont la projection hardie entre deux monts escarpés, la construction remarquable et les belles proportions décèlent, dans ces demi-déserts, l'œuvre d'une main puissante.

Nous ne parlerons pas d'un grand nombre d'autres fontaines du même genre qui avoisinent les thermes de Chaudesaigues, telles que celles de Lacondamine aux portes de la ville, qui n'est guère que ferrugineuse, quoique contenant encore, mais en petite quantité, du carbonate de soude, du carbonate de chaux, du chlorure de sodium et quelques traces de matière animale; celle de Magnac à deux lieues nord-est, dans la commune de Sarrus, qui se compose de carbonate de chaux, de carbonate de soude et de carbonate de magnésie, de sulfate de chaux, de chlorure de sodium, d'oxide de fer et de gaz hydrogène sulfuré; celle de Mont-Chausson dans la commune de Faverolles et autres.

Mais nous devrons signaler avec plus de soin les eaux de la Chaldette, à deux lieues sud de Chaudesaigues, dans le département de la Lozère, sur les rives de la Bez qui les sépare du Cantal.

Cette source est chaude aussi, mais à un degré bien inférieur, sa température ne s'élevant point au dessus de 30° centigrades. Son onde est claire, limpide, transparente, inodore et sans mauvais goût. Les principes chimiques qu'on y a reconnus sont à peu près les mêmes que ceux des eaux froides de Magnac; elle jouit d'une assez grande réputation déjà, quoique depuis quelques années seulement on y ait commencé un établissement encore inachevé. La foule y arrive du Cantal et de la Lozère, les malades s'en administrent les eaux en boisson et en bains. On les regarde comme très efficaces dans les affections chroniques du poumon dans les catarrhes opiniâtres, dans les maladies du larynx et du tube digestif; c'est encore là une succursale obligée de Chaudesaigues, quoique ne faisant pas partie du même département.

Il est à propos de remarquer, au surplus, que Sainte-Marie et Fontanes d'un côté et que la Chaldette de l'autre se trouvent sur le passage du voyageur qui, de Chaudesaigues, veut faire des excursions sur les montagnes si belles du Cantal et d'Aubrac.

Sous un autre rapport encore les eaux de Chaudesaigues offrent un intérêt majeur. Elles ont par excellence la propriété de purifier parfaitement les laines au lavage, et de leur communiquer un éclat, un moëlleux très remarquable. Aussi les tricots que l'on y fabrique en petite quantité sans entente et sans mécanisme sont-ils partout des objets de choix et d'un débit sûr. On les a reconnues parfaitement propres à la tannerie, dont elles facilitent singulièrement le travail pénible. L'industrie trouverait donc ici des ressources non moins grandes que celles offertes à la médecine dans le même lieu. Peut-être un jour des manufactures considérables y prospéreront-elles à côté de l'établissement sanitaire que maintenant il s'agit d'y créer.

Que l'esprit d'association, sans lequel on ne saurait faire de grandes choses, se développe dans nos montagnes; appelons les capitalistes intelligens à l'aide du pays; montrons-nous moins antipathiques aux nouvelles entreprises; sachons nous élancer enfin dans cette sphère d'activité qui autour de nous entraîne la France entière et en dehors de laquelle il est si étonnant que nous soyons demeurés seuls; et nous verrons des merveilles éclore comme par enchantement jusque sur les rives escarpées des torrens qui désolent aujourd'hui nos campagnes et qui entraînent dans leur cours d'immenses sources de prospérité générale, qu'on a trop long-temps négligées et dont le prix est infini.

PROJET D'ÉTABLISSEMENT

ARRÊTÉ

PAR M. LE PRÉFET DU CANTAL,

Sur les plans du M. Ledru, architecte à Clermont.

Les élémens de l'établissement consistent dans le grand nombre de sources qu'on voit sourdre à la surface du sol et qu'on peut diviser en trois séries suivant leur position.

	CAPACITÉS en litres.	TEMPÉRAT. au thermomet. centigrade.
1° Celles situées au pied de la montagne de la *Jarrige.* La plus importante, celle du *Par*, produit par minute..	252	80°
Trois sources de la maison *Felgères* produisant...	19	La température de ces sources varie depuis 50 deg. jusqu'à 72.
Trois des maisons *Breschit* et *Verdier*..........	11	
Celles des maisons *Chaudesaigues-Laprade, Podevègue, Ganivet, Teisset, Abriet, Bedenel, Fayet, Chareire, Passenault, Arlhac*, évaluées approximativement à..	30	
	} 60	
Cube total.................................	312	

La source du Par paraît avoir été très-bien captée, mais les autres l'ont été très-mal, et dans les travaux qui seraient exécutés pour mettre à découvert et nettoyer le rocher d'où elles jaillissent, à l'effet de les capter convenablement et de les aménager dans un réservoir commun, il n'y a pas de doute qu'on en augmenterait considérablement le volume et probablement aussi la température.

3

	CAPACITÉS en litres.	TEMPÉRAT.
2ᵉ Celles qui jaillissent au haut du village, des rochers qui bordent la rivière, même de ceux qui forment son lit et qu'on désigne sous les noms de sources du *Moulin*, du *Ban*, produisent................	32	62°
De la *Bonde*................................	15	73°
De l'*Hospice*...............................	18	70°
D'un point dans le lit du ruisseau.............	10	72°
TOTAL......................	75	
Les sources sont très-mal captées ; il se perd une grande quantité d'eau qui n'a pu être mesurée et qui, avec les filets jaillissant du lit de la rivière, en doubleraient au moins la capacité.................		
3° Celles du pont de la Place, appelées sources de Clavières, produisent...........................	16	37° 50
Source du gravier bas........................	36	65° 50
TOTAL......................	52	

Ces deux dernières sources sont captées dans le terrain, et il est vraisemblable qu'elles sont formées par des filets d'eau échappés des premières sources, dans la direction et au dessous desquelles elles se trouvent.

Les réservoirs des sources seront formés aux lieux mêmes où elles jaillissent, et ils ne seront point confondus, pour qu'on puisse les administrer séparément, suivant l'usage des bains auxquels l'analyse chimique et l'expérience médicale assignent des propriétés différentes.

Le point où jaillit du rocher la source dite du *Par* sera le centre d'un vaste réservoir pour cette source. Les autres seront réunies dans un réservoir ou captées dans des réservoirs différens selon que leur position le permettra, et que leur température et leurs propriétés seront les mêmes ou seront différentes.

Les réservoirs ne devront pas être maintenus à une hauteur qui excède le niveau actuel des eaux, parce que rien ne prouve que cette hauteur puisse être excédée sans ralentir ou supprimer l'ascension des sources.

Ces réservoirs auront une ouverture de trop plein pour prévenir l'ascension du niveau des eaux au dessus du terme qui lui sera prescrit. Ils auront également une bonde pour l'évacuation complète des eaux.

Tous les lieux qui les contiendront et ceux consacrés aux bains seront intérieurement élevés au dessus du sol et pourvus à leur partie inférieure d'ouvertures pour l'écoulement du gaz acide carbonique, pour accélérer sa sortie et afin que l'atmosphère extérieure se substitue sans cesse au gaz expulsé.

Les uns et les autres seront de petite dimension, pour prévenir le refroidissement ; mais ils devront être susceptibles d'en recevoir une plus grande, ou de se fermer entièrement.

Cette nécessité de purger l'atmosphère des bains du mélange du gaz qui s'exhale incessamment est une des conditions majeures de la construction. Les cuves, bains et piscines doivent être élevés au-dessus du sol. Le sol doit être incliné vers les issues pratiquées au gaz, et ces issues doivent encore être élevées au dessus des rues environnantes, afin d'accélérer la chute et la dispersion du gaz.

La source du *Par* et toutes celles qui sont classées dans la première série sont suffisantes pour former un établissement thermal du premier ordre. Le grand volume d'eau qu'elles produisent, et qui s'augmentera nécessairement par les recherches qu'on fera pour les capter convenablement, l'alimentera, quelle que soit l'importance qu'on veuille lui donner.

L'inclinaison du terrain depuis le point où elles jaillissent jusqu'au bas de la place donne le moyen de les distribuer dans toutes les parties, et la température élevée de ces sources permet de les administrer sous toutes les formes. Ces sources sont donc destinées au service de l'établissement projeté, et il serait difficile de trouver ailleurs, réunies dans un plus haut degré, les conditions nécessaires à l'érection d'un édifice modèle en ce genre.

Ces eaux et la grande abondance de vapeur qui s'en dégagent naturellement font juger que leur principale destination doit être de former un vaste établissement de bains de vapeur, largement disposé, à l'instar de ceux des Romains, et pourvu en outre de tous les accessoires dont l'expérience et l'état de nos connaissances ont constaté l'utilité.

Il sera placé immédiatement au-dessus des réservoirs, afin de tirer parti de tout ce que cette position aura d'avantageux pour la bonne distribution de la chaleur et de la vapeur, et il renfermera :

1° Une salle de bains de vapeur, pris en commun et gradués en raison de l'élévation à laquelle se place le malade ;

2° Des cabinets pour une transpiration plus forte ;

3° Des cabinets pour une transpiration plus modérée ;

4° Des étuves pour les bains secs ;

5° Des pièces pour les douches de vapeur ;

6° D'autres pièces garnies d'appareils pour administrer les bains et douches de même espèce à ceux qui ne peuvent respirer la vapeur ou qui ont des maladies locales ;

7° Des pièces pour les onctions, les frictions, les massages et les frigillations ;

8° Une salle de chaleur graduée garnie de fontaines et de baignoires pour ceux qui se lavent avant de passer dans les parties chaudes ;

9° Une salle de chaleur tempérée pour s'arrêter avant de passer à l'air extérieur ;

10° Des salles garnies de lits de repos.

Après avoir fait le service des bains de vapeur, les eaux s'écouleront dans de nouveaux réservoirs, faisant fonctions de réfrigérans, à l'effet de les amener à un degré convenable pour les bains et douches d'eau. Le nombre et la capacité de ces réservoirs seront proportionnés au produit des sources et calculés sur la convenance d'établir une suffisante célérité pour le remplissage des baignoires, et de maintenir les bains à une égale température par un renouvellement continuel de l'eau qu'ils contiennent.

Il y aura trois espèces de bains.

1° Les bains alimentés par les eaux minérales chaudes et pures;

2° Les bains tempérés en chaleur par le mélange des eaux minérales chaudes avec les eaux minérales froides;

3° Les bains tempérés en chaleur et en don de principes constituans à l'aide de l'eau froide non minérale qui peut se recueillir à une petite distance des eaux chaudes.

Il y aura également trois espèces de douches.

1° Des douches descendantes;

2° Des douches ascendantes extérieures;

3° Des douches ascendantes intérieures.

Les bains et douches seront administrés dans des piscines et dans des cabinets séparés, et chaque cabinet de bains sera pourvu d'une douche; les neuf dixièmes le seront de douches descendantes et l'autre dixième le sera de douches ascendantes extérieures; en outre, il en sera établi quelques unes de l'une et de l'autre espèces dans des cabinets particuliers pour les personnes qui ne prendraient pas de bain après la douche.

Quant aux douches ascendantes intérieures, il suffira d'en établir deux dans des cabinets particuliers.

Ces eaux seront encore administrées en bains de pieds dans de grandes cuves autour desquelles pourront se placer une douzaine de personnes.

Outre les bains, douches et autres manières d'administrer les eaux ci-dessus désignées, l'édifice renfermera à ses deux extrémités deux grandes piscines pour les indigens; ces piscines, dont l'usage sera gratuit, devront suffire à 25 ou 30 personnes. Elles seront pourvues de douches en nombre suffisant et accompagnées de quelques baignoires pour des bains particuliers, et de pièces pour étuves, bains et douches de vapeur.

Des chauffoirs pour le linge seront répartis dans les diverses parties de l'édifice. L'établissement sera terminé par une galerie formant un promenoir couvert et décoré de fontaines jaillissantes, alimentées par les eaux thermales prises en boisson.

Au dessus de cette galerie pourra se trouver le salon de réunion des étrangers; à l'une de ses extrémités des pièces accessoires telles que salles de billard, de jeux, et à l'autre extrémité le logement du médecin inspecteur, si les dispositions de l'édifice rendent celle-ci praticable.

La distribution des eaux s'opérera par des conduits partant de la partie inférieure de leurs réservoirs respectifs, mais à quelque distance du fond, pour qu'elles n'entraînent pas de limon. Ces conduits seront renfermés dans des canaux pour en faciliter la réparation, et des tuyaux secondaires embranchés sur les conduits principaux opéreront la distribution.

Le trop plein des réservoirs et des baignoires s'opérera par des tuyaux partant du fond, et leur vidange sera reçue dans des aqueducs de fuite qui conduiront les eaux à la rivière et qui seront de dimension telle que le nettoyage en soit facile.

La distribution de l'établissement sera conçue de manière que la séparation des sexes ait lieu, sans qu'il en résulte un isolement contraire à la surveillance de l'inspecteur et à la célérité du service.

Cet édifice sera précédé par une place nécessaire au mouvement dont il sera le centre. Son plan aura tout le développement qu'exigent les convenances d'un grand établissement. Les coupes et élévations auront un style d'architecture monumentale. Cependant rien de superflu à cet égard ne doit être affecté. Le lieu ne comporte ni grandeur ni décorations vaines. Une vallée très étroite et très élevée, une petite ville extrêmement resserrée repoussent un grand luxe d'architecture, s'opposent à l'emploi de grands espaces et commandent la simplicité, autant que les ressources à appliquer commandent l'économie.

La partie de l'établissement qui doit renfermer toutes les salles de jeux, de spectacles et d'exercices gymnastiques, ainsi que celle qui comprendra les hôtels garnis et les pavillons pour le logement des étrangers, seront isolées du monument thermal proprement dit. Cette disposition est commandée à la fois et par des motifs de convenance et par les règles de l'art. Ce serait en effet un contraste désagréable que celui résultant de la réunion dans le même édifice de pièces destinées au soulagement des malades de toutes les classes avec celles destinées au logement et à l'amusement de personnes qui pour la plupart ne viennent aux bains que par des motifs de curiosité et de distraction. D'ailleurs le service et le mouvement de chacun de ces établissemens étant tout-à-fait différens, il est naturel et même nécessaire qu'ils soient indépendans les uns des autres. L'isolement de trois édifices, considéré sous le rapport de l'art, présente des avantages dont on serait loin de trouver la compensation dans leur réunion ; car alors on pourra donner à chacun le style d'architecture propre à sa destination et former un ensemble d'un effet très pittoresque. Cette disposition permettra encore d'entreprendre les constructions les unes après les autres.

L'élévation principale des pavillons donnera sur une place formée par le moyen d'une voûte jetée sur la rivière, de manière à réunir les espaces qui la bordent de chaque côté.

Réalisant cette prévision du docteur Bertrand, que Chaudesaigues était fait pour devenir le Carlsbad de la France, son important établissement thermal serait accompagné des objets d'agrément, de distraction et d'exercices gymnastiques médicinaux qui aident si puissamment à l'efficacité des eaux ; la route de Rodez et tous les chemins partant de la ville seraient transformés en promenades par des plantations ; les revers des montagnes jusqu'aux chemins conduisant sur leurs plateaux seraient disposés en jardins, bosquets, salles de verdure et de jeux ; enfin le pré au dessous de la chapelle serait transformé en étang par une digue construite après la grotte dite Four des Anglais.

Comme accessoires moins immédiats que les précédens, mais néanmoins propres à faire de l'établissement de Chaudesaigues l'un des plus complets qui existent, on pourrait, pour mettre à profit la grande abondance et la grande chaleur des eaux, former deux vastes bassins : le premier, alimenté par le trop plein de tous les réservoirs, et disposé comme l'étaient les nymphées romaines, servirait à la natation, et le second, recevant les vidanges de toutes les parties de l'établissement, formerait un grand bain pour les chevaux dont les infirmités pourraient être soulagées ou guéries par ce genre de remède, et devrait être entouré d'écuries chauffées par la vapeur.

L'industrie particulière n'aurait rien à souffrir de l'érection d'un monument thermal dans la ville de Chaudesaigues. On peut même prévoir qu'elle y gagnerait considérablement, en raison de ce puissant goût de l'imitation qui met tous les établissemens d'un même pays en rapport les uns avec les autres. Ainsi l'ingénieux procédé indiqué par M. Darcet, relativement à l'incubation artificielle, et dont les premiers essais ont complètement réussi, en recevrait nécessairement un grand développement. La teinture et le dégraissage des laines auxquels les eaux thermales de Chaudesaigues sont propres, au lieu d'y être traités en petit comme actuellement, pourraient devenir d'une haute importance dans un pays qui nourrit une grande quantité de troupeaux, et de grands établissemens de ce genre, fondés avec les eaux qui jaillissent des rochers bordant le ruisseau, donneraient encore naissance à d'autres branches d'industrie également propres à contribuer à la prospérité du pays.

EXTRAIT DU PROCÈS-VERBAL

DES DÉLIBÉRATIONS

DU CONSEIL GÉNÉRAL DU DÉPARTEMENT DU CANTAL.

Session de 1834.

PREMIÈRE PARTIE.

Séance du 15 Juillet.

Les thermes de Chaudesaigues ont depuis bien longtemps vivement excité la solli. citude du Conseil général. Les procès-verbaux des sessions précédentes font foi du désir constamment manifesté de voir ériger dans cette intéressante localité un de ces monumens qui font la gloire de tout un pays, et .qui offrent à l'humanité tout entière le moyen de mettre à profit une des sources les plus étonnantes qui jaillissent à la surface du globe.

Le projet conçu par M. le Préfet, et de la rédaction duquel un architecte habile à été chargé, donne enfin au Conseil général l'espoir de la réalisation prochaine d'une entreprise que la détresse du département ne lui permettait point de tenter. Elle est d'une telle nature que l'assemblée n'élève pas le moindre doute sur le concours actif du gouvernement d'une part, et de riches capitalistes de l'autre. Elle applaudit aux délibérations prises à ce sujet par le Conseil munipal de Chaudesaigues, et dès cet instant elle s'associe elle-même à ce grand acte, en mettant à la disposition de M. le Préfet les fonds nécessaires pour donner au projet formé, aux plans dressés, à la notice rédigée déjà, toute la publicité convenable, et pour accorder à l'architecte une indemnité qui lui est due à si juste titre.

DÉLIBÉRATION

DU CONSEIL MUNICIPAL DE CHAUDESAIGUES.

L'an mil huit cent trente-trois et le 27 août, le Conseil municipal de la commune de Chaudesaigues s'est réuni sur la couvocation de M. le Maire, et en vertu de l'autorisation de M. Delamarre, préfet du Cantal, présent à Chaudesaigues.

A cette séance ont assisté MM. Pascal, Bremont, Amat, Colrat, Verdier, Charbonnier, Bougier-Rochette, Bonnefoy, Rouchez, Roussilhe et Daude, maire.

Sur la proposition de M. le Maire, M. le Préfet a été introduit au sein de l'assemblée.

Il a exposé au Conseil municipal toute l'importance de la source thermale que possède la ville de Chaudesaigues et l'indispensable nécessité de l'utiliser soit pour un établissement sanitaire, soit plus tard pour un établissement industriel; il a démontré que l'établissement sanitaire était nécessairement le premier sur lequel devait se porter l'attention du Conseil et établi qu'une société d'actionnaires pouvait seule s'en charger avec des chances incontestables de succès; mais qu'il fallait en conséquence que la commune de Chaudesaigues fît la concession de la majeure partie des sources dont elle est propriétaire et sous telles conditions que le Conseil municipal jugerait convenable d'imposer à cette concession. Après cet exposé M. le Préfet a quitté l'assemblée pour lui laisser la faculté de délibérer légalement et en famille sur l'objet de cette séance.

Sur ce, le Conseil municipal a adopté les résolutions suivantes :

ARTICLE 1er.

Le Conseil municipal de Chaudesaigues prend l'engagement actuel et définitif de faire à l'association qui se chargera de créer dans son enceinte un établissement thermal la concession de la moitié des sources thermales dont elle est propriétaire, pour en être disposé par cette association ainsi qu'elle avisera durant les cinq mois de l'année qui forment la saison des bains.

ARTICLE 2.

Cette concession est faite sous réserve, au profit de la commune, du dixième du produit net des thermes à établir, c'est-à-dire distraction faite des dépenses annuelles et des intérêts de mises de fonds.

ARTICLE 3.

Le Conseil s'interdit formellement toutes concessions d'eaux thermales au profit soit des particuliers, soit de toute association rivale, sous réserve d'eaux nécessaires à l'hospice, qui seront prises sur la moitié non concédée à l'association.

ARTICLE 4.

Les concessions actuellement faites cesseront de plein droit le jour de l'ouverture de l'établissement projeté.

ARTICLE 5.

Il sera avisé plus tard, s'il y a lieu, aux moyens de former un établissement industriel, sans qu'en aucun cas ce dernier puisse préjudicier à l'établissement sanitaire.

La présente délibération prise à l'unanimité sera sur-le-champ transmise par M. le maire à M. le préfet pour être soumise à l'approbation de ce magistrat, etc.

Par autre délibération du 3o août 1834,

Le Conseil municipal de Chaudesaigues, délibérant que l'exposé de M. le président n'est que l'expression des vœux de l'assemblée,

Arrête ce qui suit :

Sur la première question : « Si la concession doit ou non être définitive et perpé-« tuelle. »

La concession sera définitive, perpétuelle et irrévocable.

Sur les deuxième et troisième questions : « Si l'administration locale veut tenter les « chances d'une administration publique et intervenir dans les actes de cette société. »

L'administration locale renonce à toute intervention dans les actes de la société et fixe annuellement le dixième des produits nets qu'elle s'est réservé dans la concession à la somme de deux mille francs, laissant à la société le choix de réduire en actions dans l'établissement projeté la représentation de ce chiffre.

EXTRAIT DU RAPPORT,

Fait à M. le ministre de l'intérieur par l'académie royale de médecine sur un travail intitulé : *Essai sur Chaudesaigues, et analyse chimique des eaux thermales de cette ville*, par M. Chevallier, membre de la dite académie.

M. Chevallier, ayant soumis vingt litres d'eau à l'évaporation, eut un résidu de 18 grammes, 86 centigrammes ; pendant l'évaporation, des flocons grisâtres se formèrent et vinrent nager à la surface ; traités par divers réactifs, il donnèrent des produits analogues à ceux qu'on retire des matières organiques.

Par une analyse exacte, il établit que, de vingt litres d'eau du Par l'on retire: 1° une petite quantité d'hydro-sulfate d'ammoniaque insensible aux réactifs et qui paraît se former par l'action de la chaleur ;

2° Une matière organique de matière animale, qui se présente en flocons légers lors de l'évaporation de l'eau, et que l'on rencontre quelquefois unie à du carbonate de chaux à la surface des piscines;

3° Dix-huit grammes, 86 centigrammes d'une matière solide composée de matières bitumineuses . . . . » 1,200 c.

    Hydrochlorate de magnésie . . . . » 1,395

    Chlorure de sodium, dissous dans de l'eau . . . . » 1,100

    Sulfate de soude . . . . » 6,505

    — de la silice dissoute par la soude . . . . » 5,600

    — du chlorure de sodium 2 5,276

    — de sous-carbonate de soude 11 8,400

    — de l'oxide de fer . . . . » 1,200

Carbonate de Chaux . . . . » 9,200

    — de magnésie . . . . » 1,600

    — de la silice 1 6,000

    — de la chaux combinée à la silice . . . . » 0,400

Traces de potasse et perte . . . . » 0,724

                       Total . . . . g. 18 8,600 c.

TABLEAU des opérations faites sur la température de l'eau thermale des quatre principales sources.

DATE de L'OBSERVAT.	ÉPOQUE de LA JOURNÉE.	CHALEUR de L'AIR.	ÉTAT de L'ATMOSPHÈRE.	FONTA. DU PAR.		GROTTE du moulin DU PAR.		BONDE du moulin.		SOURCES dans le lit du ruisseau.				OBSERVATIONS.
20 juin	8 h. 1/2 du m.	19°	beau temps	80°	(1)	63°	»	73	»	40°	50°	52°	58.	Dégag. du gaz dans les div. eaux.
24 »	10 h. du s.	16	»	80	»	63	»	73	»	44	51	52	60.	
25 »	8 h. du m.	13	nébuleux	80	50	63	»	73	»	44	50	57	»	
25 »	11 »	16	orage	80	50	63	»	73	»	44	50	57	»	Dégag. du gaz plus abond. (2)
26 »	6 »	12	temps couvert.	80	»	63	»	73	»	45	49	59	62	L'eau de la rivière avait baissé.
26 »	4 h. du s.	16	temps orageux.	80	75	63	»	73	»	45	49	59	62	
27 »	10 h. du m.	19	beau temps.	81	»	62	»	72	»	58	72	75	»	Dégagem. du gaz moins abond.
28 »	6 »	16 1/2	»	81	»	62	»	72	»	63	65	71	74	
29 »	10 »	20	»	80	»	62	»	72	»	71	74	75	»	
30 »	11 »	21	pluvieux.	80	50	62	50	72	50	48	64	73	»	
1er juillet	5 »	18	brouillards.	82	»	62	»	72	»	50	62	71	73.	
2 »	6 h. du s.	23	beau temps.	80	»	63	»	73	»	62	63	65	73.	
3 »	6 h. du m.	20	orage.	80	»	63	»	73	»	49	51	63	»	
4 »	midi	21	beau temps.	80	»	63	»	73	»	55	55	63	71.	
5 »	11 h. 1/2 du m.	20	nébuleux.	79	50	62	»	72	»	62	64	69	71.	
6 »	3 h. du m.	12	temps clair.	79	50	62	»	72	50	48	70	72	74	
7 »	4 »		beau temps.	80	»	63	»	73	»	64	66	70	»	

(1) Nous avons constamment employé le thermomètre centigrade.

(2) Nous nous sommes bien convaincus que le dégagement du gaz était plus rapide : en effet, le 24 nous mîmes un quart-d'heure à remplir de gaz un flacon de six onces, tandis que le 25, en agissant dans les mêmes circonstances, nous remplîmes le même flacon en deux ou trois minutes. De plus, le dégagement qui, le 24, s'opérait dans le bassin du Bau par deux points seulement, s'opérait le lendemain en six ou sept endroits avec une grande rapidité. MM. Barlier, Grassal, Verdier furent témoins des faits que je rapporte ici.

M. Bosé-d'Antic aurait reconnu 60° Réaumur, 75° centigrade, à l'eau fournie par la source du Par. M. Bonnet de la Brageresse en avait constaté 62° Réaumur, 77° 5o centigrade et MM. Berthic et Grassal 88° centigrade.

PROPRIÉTÉS MÉDICALES.

Le résultat que nous avons obtenu de l'analyse des eaux minérales qui font le sujet de ce travail démontrent que ces eaux ont une grande analogie avec les eaux minérales salines thermales de Plombières, qui sont recommandées comme propres à combattre *les digestions lentes, la débilité de l'estomac, les coliques néphrétiques, le dérangement des règles par atonie, les pâles couleurs, la leucorrhée, les maladies laiteuses, les engorgemens des viscères, la gale, les dartres, les rhumatismes simples et goutteux, les paralysies, les tumeurs blanches, la phthisie pulmonaire, la phlogose de l'estomac et des intestins.*

Mais les propriétés des eaux de Chaudesaigues doivent dans un grand nombre de ces maladies être plus actives, la quantité de sels étant un peu plus grande, et leur température étant bien supérieure à celle des eaux de Plombières ; déjà quelques praticiens avaient examiné l'action des eaux et ils avaient tiré quelques conséquences des résultats qu'ils en avaient obtenus. M. Bonnet de la Brageresse les considère comme étant bonnes pour combattre les acides introduits ou développés dans les voies digestives, et cette manière de voir paraît être fondée, puisque l'analyse a démontré qu'elles contiennent en solution un sel alcalin (le sous-carbonate de soude). Le même praticien pense que, pour l'usage externe, elles peuvent servir à combattre les affections rhumatismales, la scia·tique ; il s'étonne des bons résultats qu'on a obtenus à cette époque (1778), où elles étaient administrées machinalement et par routine ; il cite à l'appui un grand nombre de succès obtenus.

<hr>

CONCLUSIONS

DE LA COMMISSION DE L'ACADÉMIE

Chargée d'examiner le travail de M. Chevallier, adoptées par l'académie en séance générale.

En résumé, nous croyons que si les eaux minérales peuvent offrir quelque intérêt, celles de Chaudesaigues doivent se faire distinguer surtout par la haute température de l'eau, par la quantité fournie par le Par, enfin par leur position.

On peut y fonder avec avantage un vaste établissement thermal qui serait très beau et présenterait un grand intérêt. Cet établissement serait digne de fixer l'attention de votre Excellence par les heureux résultats qui en découleraient pour cette partie de l'Auvergne. On obtiendrait des avantages bien plus grands encore si l'examen géologique et minéralogique du pays y faisait découvrir des produits que nous n'avons fait qu'entrevoir (des mines d'alun , de koalin , de pyrites martiales, etc. , etc.).

OPINION DE M. ALIBERT

SUR LES EAUX DE CHAUDESAIGUES.

Propriétés médicales. On connaît tant d'eaux minérales dont les vertus sont inférieures, qu'on a lieu s'étonner de l'oubli où celles-ci sont tombées. Cet oubli paraît d'autant plus inexplicable qu'elles avaient la plus grande vogue dans l'antiquité. Sidoine Appollinaire, qui en fait une mention spéciale , leur attribue des propriétés remarquables : *Calcutes nunc te Baïæ, et scabris cavernatim ructata pumicibus aqua sulfuris atque jecorosis ac phthisiscentibus languidis medicabilis piscina delectat.* Ce que dit cet historien sur les effets de ces eaux avait sans doute été vérifié par l'éxpérience. N'en doutons pas, si cet établissemént thermal se relève, les malades vont y affluer de toutes parts ; et comme l'a dit avec tant de vérité un des membres de la commission des eaux minérales, *Chaudesaigues pourra étre un jour le Carlsbad de la France.* Gloire et honneur à ceux qui lui rendront le lustre qu'il a perdu ! Espérons que ces thermes deviendront un jour un refuge salutaire pour une multitude de maladies chroniques.

Mode d'administration. Les eaux de Chaudesaigues doivent s'administrer en boisson, en douche et en bain. Ce triple emploi des sources sera surtout avantageux quand on aura perfectionné les méthodes et les applications.

(ALIBERT , *Elémens de thérapeutique,* tom. III , pag. 382.)

COPIE D'UNE LETTRE

Écrite à M. Delamarre, préfet du Cantal, par M. d'Arcet, membre de l'Institut.

MONSIEUR,

J'ai lu avec beaucoup d'intérêt la notice sur Chaudesaigues que vous avez eu la bonté de me communiquer ; je vous remercie d'avoir ramené mes idées sur une eau thermale si remarquable et sur un pays si pittoresque et si intéressant sous tant de rapports. Je vous engage vivement à donner suite au projet que vous avez formé de rendre aux eaux de Chaudesaigues leur ancienne célébrité , et je serais heureux si je pouvais contribuer en quelque chose à hâter cet utile résultat que j'appelle de tous mes vœux.

J'ai été, la première fois, à Chaudesaigues pour y observer le chauffage d'une ville par le moyen de l'eau thermale et pour y introduire l'incubation artificielle , et j'ai été si surpris des avantages qui pouvaient naître de l'emploi de ces eaux que je suis retourné l'année d'après à Chaudesaigues pour mieux étudier cette localité. C'est donc, Monsieur, en parfaite connaissance de la chose que je puis vous en parler.

Je regarde comme certain que les eaux de Chaudesaigues sont appelées à occuper le premier rang dans la liste de nos établissemens thermaux, et c'est parce que j'avais cette conviction que je m'opposai, en 1827, à ce que le gouvernement prît, à l'égard de l'emploi de ces eaux, des demi-mesures qui, plus tard, n'auraient pu que gêner l'organisation du grand et bel établissement thermal que Chaudesaigues peut comporter.

Je vous félicite, Monsieur, d'avoir abordé cette question et de l'avoir traitée comme elle le mérite ; en mettant l'établissement thermal de Chaudesaigues au niveau de ce que les sciences et les arts peuvent conseiller de mieux, vous procurez à la France une ressource médicale qui lui manque, et en limitant convenablement les dépenses de construction, vous assurerez aux actionnaires la juste indemnité de leurs avances ; ces conditions remplies, le succès de l'entreprise me paraît complètement assuré.

J'ai l'honneur d'être , Monsieur , avec la plus haute considération ,

Votre très humble et très obéissant serviteur,

Signé D'ARCET.

Paris, ce 3 décembre 1834.

COPIE DE LA LETTRE

Écrite à M. Delamarre, préfet du Cantal, par M. le baron Alibert, au sujet des eaux de Chaudesaigues.

MONSIEUR LE PRÉFET ,

Je me suis empressé de prendre connaissance des plans dont vous avez eu l'extrême bonté de me donner communication , au sujet d'un nouvel établissement projeté pour les eaux thermales de Chaudesaigues. J'ai lu pareillement avec le plus vif intérêt la notice topographique qui les accompagne. Daignez me permettre de vous adresser mes félicitations. Cette haute entreprise est aussi digne du siècle de lumières où nous vivons que de l'honorable magistrat qui l'a conçue.

L'exécution d'un tel monument n'intéresse pas seulement notre belle France : c'est un service rendu à l'Europe entière. N'en doutez pas, Monsieur le préfet , tous les médecins éclairés se hâteront de seconder vos vues bienfaisantes , en dirigeant leurs malades vers ces sources aussi riches que précieuses , dont tant de cures attestent depuis long-temps les effets salutaires.

Pour ce qui me concerne, Monsieur le préfet, j'éprouve la plus vive satisfaction d'avoir été un des premiers à proclamer les vertus des eaux thermales de Chaudesaigues et d'avoir prédit toute l'importance dont elles peuvent être pour l'humanité.

Paris, ce 4 décembre 1834

> *Le baron* ALIBERT, professeur à la faculté de médecine de Paris,
> médecin en chef de l'hopital Saint-Louis.

Paris. — Imprimerie de Paul Dupont, rue de Grenelle-Saint-Honoré, n. 55.

ÉTABLISSEMENT THERMAL
Vue Générale.

Lith. de Binard
Bouchot lith.

ÉTABLISSEMENT THERMAL.

Élévation principale.

ÉTABLISSEMENT THERMAL.
Plan du Rez de Chaussée sur la Place.
Bains des Indigens.
A. Grandes piscines.
BB. Douches.
CCC. Bains particuliers.
D. Promenoir des buveurs d'eau.
E. Escaliers.
F. Canaux de fuite.
G. Aqueduc de fuite définitive.
Echelle de
1 2 3 4 5 6 7 8 9 10
20 Mètres

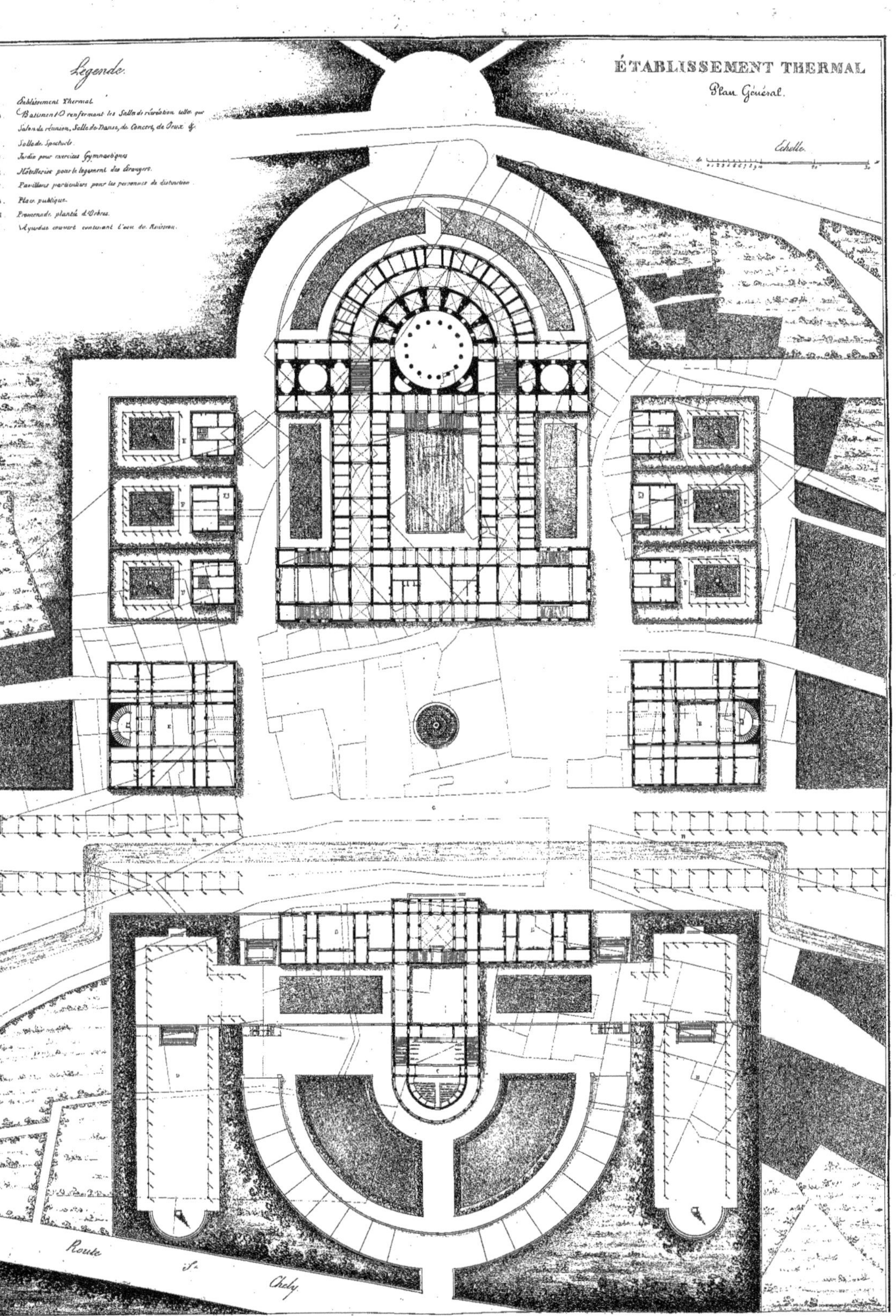

Légende.
A. Établissement Thermal.
B. Batiment[s] renfermant les Salles de récréation telles que Salon de réunion, Salle de Danse, de Concert, de Jeux &c.
C. Salle de Spectacle.
D. Jardin pour exercices Gymnastiques.
E. Hôtellerie pour le logement des étrangers.
F. Pavillons particuliers pour les personnes de distinction.
G. Place publique.
H. Promenade plantée d'Arbres.
I. Aqueduc couvert contenant l'eau du Ruisseau.

ÉTABLISSEMENT THERMAL
Plan Général.

Echelle.
0 1 2 3 4 5 6 7 8 9 10   20   30

Route
St
Chély

ETABLISSEMENT THERMAL

Plan du 1.er Étage.